El pez pucheros

Deborah Diesen

Ilustrado por Dan Hanna

Farrar Straus Giroux
New York

Traducción de Teresa Mlawer

A Mason e Isaac
—D.D.

A Stella
—D.H.

Farrar Straus Giroux Books for Young Readers
175 Fifth Avenue, New York 10010

Text copyright © 2008 by Deborah Diesen
Pictures copyright © 2008 by Dan Hanna
Spanish language translation © 2016 by Farrar Straus Giroux
Color separations by Embassy Graphics Ltd.
Printed in China by RR Donnelley Asia Printing Solutions Ltd.,
Dongguan City, Guangdong Province
First edition, 2008
10 9 8 7 6 5 4 3 2 1

mackids.com

Spanish hardcover edition ISBN 978-0-374-30504-8

Library of Congress Cataloging-in-Publication Data
Diesen, Deborah.
    The pout-pout fish / Deborah Diesen ; pictures by Dan Hanna.— 1st ed.
      p.   cm.
    Summary: The pout-pout fish believes he only knows how to frown, even though
many of his friends suggest ways to change his expression, until one day a fish
comes along that shows him otherwise.
    ISBN 978-0-374-36096-2
    [1. Fishes—Fiction.   2. Marine animals—Fiction.
3. Friendship—Fiction.   4. Attitude (Psychology)—Fiction.
5. Stories in rhyme.]   I. Hanna, Dan, ill.   II. Title.

PZ8.3.D565 Po 2008
[Fic]—dc21

                                              2007060730

Our books may be purchased in bulk for promotional, educational, or business use. Please contact your local
bookseller or the Macmillan Corporate and Premium Sales Department at (800) 221-7945 ext. 5442 or
by e-mail at MacmillanSpecialMarkets@macmillan.com.

En las aguas profundas,
junto a otros compañeros,
nada un pez que está triste,
siempre haciendo pucheros.

—Yo soy un pez pucheros
con cara de pesares.
Voy regando mis penas
por todos los lugares.

Se aproxima una almeja
de sonrisa radiante.
Da a su amigo un consejo
que piensa es importante:

—Digo yo, señor Pez:
¿no cree usted conveniente
cambiar ese puchero
por un rostro sonriente?

Entonces le contesta:
—¡Buen consejo a seguir!
Pero así es como soy,
y es difícil fingir.

Yo soy un pez pucheros
con cara de pesares.
Voy regando mis penas
por todos los lugares.

Se acerca una medusa
flotando por el mar,
moviendo los tentáculos
de forma singular.

—Digo yo, señor Pez:
con el ceño fruncido,
mejor que no salude
así, tan afligido.

Entonces le contesta:
—Sé que no se comprende.
Quiero ser amistoso,
mas de mí no depende.

MANTEQUILLA DE MANÍ

Yo soy un pez pucheros
con cara de pesares.
Voy regando mis penas
por todos los lugares.

Se acerca un calamar,
esbelto, amenazante.
Su actitud, queda claro,
es muy desafiante.

—Digo yo, señor Pez:
¿y esa melancolía?
Muéstrenos su sonrisa,
señal de su alegría.

Entonces le contesta:
—Es lo que yo más quiero.
Pero no es culpa mía,
nací con mi puchero.

Yo soy un pez pucheros
con cara de pesares.
Voy regando mis penas
por todos los lugares.

Se acerca un pulpo grande
llenito de ventosas,
bajo sus ocho brazos,
todas muy pegajosas.

—Digo yo, señor Pez:
esa fea expresión
es muy poco atractiva,
de mala educación.

Entonces le contesta:
—Mi querido vecino,
con esta boca mía,
claro está mi *destino*.

Yo soy un pez pucheros
con cara de pesares.
Voy regando mis penas
por todos los lugares.

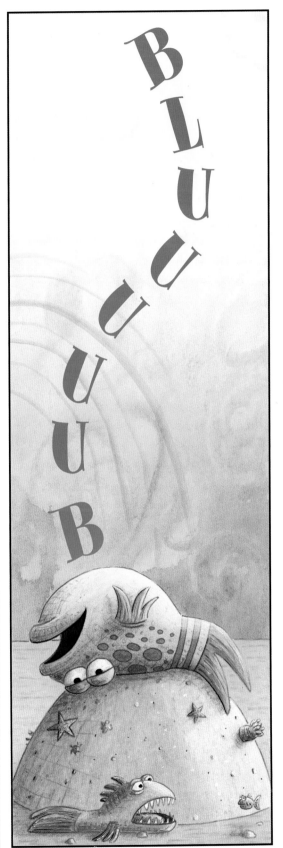

Se aproxima ahora un pez
de huella luminosa.
Nunca nadie había visto
criatura más hermosa.

Se acerca al señor Pez,
y en vez de argumentar . . .

le da un enorme beso
y . . .
se pierde en el mar.

Se queda embelesado.
Se queda sorprendido.
Se queda muy tranquilo
y dice convencido:

—Mis queridos amigos:
debí haberlo notado.
No soy un pez pucheros,
yo estaba equivocado.

Soy un pez besucón,
simpático y guasón.

¡Doy besos a montones
por todos los rincones!

Así . . .

mua

mua

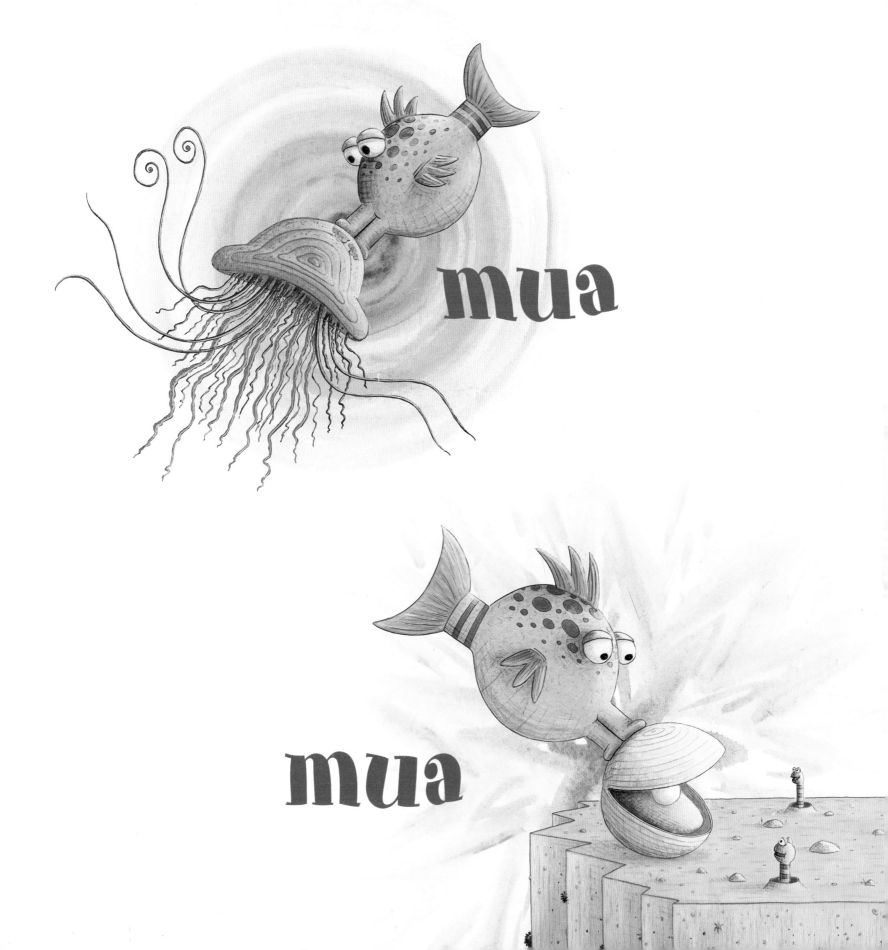

mua

mua